Wie NICHT

Zu Big Foot Finden

Wie NICHT

Zu Big Foot Finden

Matthew B. Thompson

Big Foot ist kein Mythos, oder sogar ein stummes Tier. Er ist nicht irgendeine Art von Gorilla, auch nicht. Das wäre wie wenn man sagt, dass Schimpansen und *Menschen* sind die gleiche Sache zu sein! Big Foot ist ein fühlendes Wesen, wie ein Gorilla, aber er ist drei Mal mehr als eine intelligente. Als eine sehr naher Verwandter der modernen Menschen ist Big Foot zweiten nur den Menschen in der Intelligenz. Big Foot ist besorgt um den Menschen und hüllt seine Anwesenheit geschickt.

Ein Elefant kann leicht im Dschungel verschwinden ... raschend leicht. Selbst professionelle Biologen fast nie zu finden Sumatra-Tiger. Da die Hälfte eine Chance, obwohl, es wird auf jeden Fall finden Sie hier.

Big Foot ist ein hoch intelligentes Wesen und einen ständigen Wohnsitz in den Wald. Er ist ein Experte auf den Wald, als ein Indianer. Kein Wunder, er ist schwer zu finden! Es gibt nur wenige Dinge, die ein Mensch tun kann, um Big

Foot finden, aber eine Menge Dinge, eine Person *nicht* tun

sollten.

Üppig, feuchte Farne wachsen an der Basis der Bäume

in den gemäßigten regen Wald von Washington State. Eine

Vielfalt von dunkelgrünen Moosen decken einen Teil der

hohen Baumstämmen, von denen einige wie Haare fließt. Eine

schmale Schotterstraße durch eine Vielzahl von Gräsern

verdeckt schneidet durch die reiche und dichte Landschaft.

David steht ruhig neben zwei Pferde, und leise bewundert die

Schönheit der Natur um ihn herum. Die Pferde sind sowohl

feste braune, bis auf die weißen Streifen auf den ihre Nasen.

David hat kurze schwarze Haare, dunkelbraune Augen und

eine dunkelbraune Teint. Auch wenn er mager Augenbrauen,

seine tiefliegenden Augen und hohen Wangenknochen machen

das Gebiet um seine Augen scheinen sehr dunkel. Er trägt

einen kurzen umrandeten schwarzen Hut, einen schweren

weißen Langarm-Hemd und eine schwere, Schiefer farbigen

Wollmantel mit Hose zu entsprechen, alle mit grünen Flecken der Natur in ihnen verwurzelt.

Nervös zappelte mit den Leder Herrschaft der ansehnliche Tiere, sieht David wieder auf seine Armbanduhr. 07.30 "Juni hat mehr Tageslicht als jeder andere Monat des Jahres, aber er hat nicht viel Tageslicht links", sagt er sich.

Wie aus dem Nichts, ein Tan und weißen LKW Mächte seinen Weg bis die unbefestigte Straße, Abschlepp einen offenen Körper Dienstprogramm Anhänger hinter sich. Sie klingen wie ein Monster Absturz durch den Wald. Die Lkw-Dieselmotor rumpelt während dünne Äste knacken und Pop, wie die Reifen rollen über sie.

David ist erstaunt, dass er nicht früher hören. Der Lkw-Lärm muss von den Bäumen wurde gedämpft haben, denkt er. Aufgeregt, die Pferde wieder auf und ziehen in ihrer Regierungszeit, wie die saftige Rutschfahrzeug und Anhänger zu einem Anschlag 12 Meter von ihnen. Der Anhänger trägt zwei Allrad-Geländewagen. Ein großer Mann wird aus dem

LKW, eine Zigarette zwischen den Lippen. Das Tragen eines tan Cowboy-Hut, ein kariertes Langarm-Hemd und blaue Jeans mit einem glänzenden Gürtelschnalle gekrönt, er ist groß und übergewichtig, aber nicht fettleibig.

David schüttelt den Kopf und geht in Richtung der Stadtmensch, noch immer herrscht der Pferde hält. "David", schreit der Mann fast.

Er schreckt vor lauter Stimme des Mannes, sondern schafft es, sie zu ignorieren. "Tom", grüßt er ihn in einem ruhig, gelassen Stimme. Während schüttelte ihm die Hand, David Augen die Zigarette in Toms Mund. "Warum hast du Geländewagen zu bringen?" Fragt David. "Ich dachte, wir waren uns einig, Pferde zu nutzen."

Halten Sie die Fahrertür seines LKW offen, Spaziergänge Tom zurück zu dem Anhänger, und David folgt. Tom lächelt und bewundert die zwei kirschrot Allrad-Geländewagen ehrfürchtig. "Sind sie nicht schön?", Sagt er leise. "Ich weiß, Sie sagten, wir werden Pferde zu verwenden, aber diese waren so schön, ich konnte nicht widerstehen." Er wendet sich direkt an David zu suchen. "Außerdem werden sie uns schneller ans Ziel ... und sie sind Spaß!" Tom sagt mit einem jungenhaften Grinsen.

Ausblenden der Ausdruck auf seinem Gesicht, sieht David auf den Boden für ein paar Momente. Er will, wütend zu sein, aber er will auch lachen. Es ist wie die Arbeit mit einem großen Kind, denkt er. Frustration und Gelächter gegenseitig aufheben ... irgendwie. Nach dem Kampf für einen Moment, David gewinnt seine stoische Aussehen und hebt seinen Kopf wieder. "Tom", beginnt er, "Geschwindigkeit ist nicht der Grund für Pferde. Seeahtik vermeidet Menschen so viel wie möglich, so dass alles, was nur bei Menschen zu vermeiden. Das Gehen mit zwei Füßen, Motorengeräusch, dem Klang der Räder ... "

Toms Augen zu erweitern. "Zigarettenrauch" er ausbricht. Er schnappt sich den Hintern seiner Zigarette und schlurft in die geöffnete LKW-Tür während der Einnahme einen langen Zug an der Zigarette. In einer fließenden Bewegung, wahrscheinlich aus tun es *tausende* Male, wirft er die brennende Zigarette auf den feuchten Boden, und zertritt sie mit dem Ball von seinem Fuß gestartet.

Lehnte sich in den offenen LKW, gräbt er sich ein wenig und zieht einen kleinen, flachen Dose. "Sehen Sie?" Tom sagt, ihm die Dose mit Stolz zeigen. David grinst und kichert. "Ich erinnerte mich daran, was Sie über die Zigaretten, also ich habe Kautabak! Sehen Sie! Kein Rauch! "

Immer noch lächelnd, David schüttelt den Kopf. *Ich kann mich nicht mit solchen ehrliches Verhalten gestört werden*, denkt er. "Ich schätze den Versuch, Tom", antwortet er. "Ich habe wirklich tun, aber ich fürchte, das wird hier bleiben, auch." Toms Gesicht fällt. "Seeahtik riechen kann Kautabak fast so leicht wie er Zigarettenrauch riechen."

Tom seufzt und wirft das abgelehnt Dose Kautabak wieder in seinen LKW, lehnt sich dann wieder hinein. "Du hast gesagt, dass ein paar Mal jetzt", schreit er aus der Tiefe des Fahrzeugs. "Seeahtik. Ist das der Indianerwort für Big Foot? Ich dachte, es war Sasquatch ".

David wahrscheinlich sollte es kommen sehen müssen. "Es gibt *viele* Indianer-Namen", sagt er. "Es gibt mehr als hundert Indianersprachen und Dialekte, und sie haben jeweils verschiedene Dinge bedeuten. Einige Namen bedeuten "wilde Mann des Waldes" und andere bedeuten 'Nachtmenscen.'

"Das Wort 'Sasquatch'," David fort, "ist die anglisierte Version eines Küsten Salish Indianer Stammes Wort. In der Klallam Stamm, nennen wir seinen Stamm der 'Seeahtik'. Weiße Männer nicht von ihm, einem Indianerstamm gehören denke überhaupt, und beziehen sich auf ihn als Einzelwesen, nannte ihn Sasquatch oder Bigfoot. Viele Amerikaner denken, dass es nur einen, aber es gibt etwa 10.000 von ihnen in den USA Seeahtik ist vom Aussterben bedroht. "

Tom richtet seinen Körper. "Ich wusste, dass es mehr als einer von ihnen", sagt er, "aber ich wusste nicht, dass es so viele von ihnen."

Tom hält einen Moment inne und denken, und dann lehnt sich wieder selbstbewusst in der LKW. "Ich habe einige gute Sachen hier drin", seine gedämpfte Stimme sagt, auch wenn er spricht lauter zu kompensieren. Er zieht zwei Glasfaser-Trekkingstöcke. "Ich sah diese auf dem Fernseher", sagt er und zeigt David die Pole.

David schaut sie an und versuchte, etwas Besonderes über sie zu finden. "Sie *scheinen* die Pole von einem Paar Alpinski sein", sagt er schließlich.

Tom lächelt. "Das ist wahrscheinlich das, was sie sind!", Sagt er. "Der Verkäufer wahrscheinlich benannte sie um ein wenig mehr Geld zu verdienen. Ich kaufte sie trotzdem."

David nimmt die beiden Pole von Tom ausgestreckte Hände, hält sie an den Griffen und gräbt die scharfen Enden in den feuchten Boden. Sie haben nicht viel von einem Geräusch zu machen auf den ersten, und er geht ein paar Schritte mit ihnen, stechend den Boden mit wechselnden Polen. Die scharfen Spitzen schlagen kleine Steine in der Erde, die einen kleinen klingenden Ton macht.

"Hast du gehört?" Fragt David.

Tom sieht ihn, wie er ist verrückt. "Ja", antwortet er. "Es hat ein wenig Lärm. Und? "David geht zwanzig Schritte oder so, mit einer Trekkingstock mit jedem Fuß. Der Trekkingstock Spitze gräbt sich in den weichen Boden, markante Bits von Sand und kleine Steine, so dass eine rhythmische Ritze ... Ritze Ritze ... ... Ritze Ritze Ritze ... ...

Er dreht sich um. "Weißt du es jetzt?", Fragt er.

Tom beginnt irritiert zu werden. "Es gibt eine Reihe von kleinen klingenden Töne", antwortet er. "Na und?!"

David legt beide Pole in einer Hand und geht zu Tom. "Es ist nicht der kleine Ton", sagt er. "Es ist das *Muster* der kleinen Töne. Seeahtik versteht und weiß, auf der Hut zu sein. Es wird ihn nicht abschrecken ... vielleicht ... aber es wird ihn zu warnen, dass der Mensch wohl in der Nähe. Wenn Sie in ruhiger Lage im Wald zu sitzen, wäre das Klang Sie warnen auch. "

Tom sieht aus, als ob David gerade seine Blase platzen. Als er geht zurück, sieht David Innenraum des LKW durch die offene Tür. Aus dem Augenwinkel, ein Safe sieht er in Diele der Beifahrerseite, aber ignoriert es. Er gibt die Trekking-Stöcke zurück zu Tom.

Tom erreicht in seinem LKW wieder, wirft die Pole innerhalb und zieht eine Hand Rampenlicht. "Ich denke, das wird nicht helfen, auch nicht", grübelt er, und schaltet die Xenon-Scheinwerfer.

David wirft einen Blick auf den Lichtstrahl. "Äh, ja", antwortet er trocken. "Das wird auf jeden Fall setzen Seeahtik auf seinem Wächter. Seltsamerweise stellt ein Homosexuell Mann auch Seeahtik auf der Hut. Seeahtik Magie lässt ihn spüren, alle Tiere des Waldes, der Art wie ein Hai kann die Muskelbewegungen eines Fisches zu spüren. Heterosexuell Menschen verschmelzen mit den anderen Tieren im Wald, sondern ein homosexueller Mann nicht. Homosexualität ist eine rein menschliche Eigenschaft. "

Tom starrt ihn verständnislos an, dann hält seine linke Hand. "Sie wissen, ich bin verheiratet", sagt er und zeigt auf seinen Ehering. "Um eine Frau."

David lächelt. "Der Gedanke kam mir nie", antwortet er.

"Okay ..." Tom erkennt an und pausiert für ein paar Sekunden. "Also, was über Homosexuell *Frauen*? Die gleiche Sache? "

David merkt, dass das Tageslicht schwindet schnell. Er beiläufig schlägt den Boden mit der Stiefelspitze. "Frauen sind sexuelle aus anderen Gründen als Männer", sagt er, "und so Frauen Homosexuell sind aus verschiedenen Gründen, auch. Seeahtik kann sie nicht fühlen, aber dann wieder ... er könnte. "

Er bemerkt den erstaunten Blick auf Toms Gesicht und wechselt das Thema. "Haben Sie einen Wechsel der Kleidung in Duft-Entfernen Reinigungsmittel gewaschen zu bringen, wie ich gefragt?"

Toms Gesicht leuchtet. "Ich habe sicher!", Strahlt er, und hält seine Hand, als wäre er im Begriff, Hampelmänner. "Hier sind sie!"

David seufzt, bedeckt sein Gesicht mit der linken Hand und reibt sich die Schläfen. "Du trägst sie", folgert er. "Bist du nicht?"

Tom nickt fröhlich.

David hält rieb sich die Schläfen. "Und du Zigaretten geraucht, während sie trägt", fragt er.

Tom Grinsen verschwindet sofort, als er seinen Fehler erkennt.

"Sie sollten die Duft-freie Kleidung in einem Plastikbeutel aufbewahrt haben, bis Sie hier haben", sagt David ihm. "Keine Sorge. Ich habe einige Waschbären Urin Maskierung Duft. "Er geht zu einem der Pferde und bekommt eine kleine Sprühflasche aus einer Satteltasche. "Sie sollten diese Gürtelschnalle hier lassen, auch."

Müde, falsch die ganze Zeit, Tom kreuzt trotzig die Arme. "Ich dachte, Big Foot mag glänzende Dinge!" Fordert er.

David bringt die kleine Sprühflasche zu ihm. "Das ist wahr", sagt er, "aber eine glänzende Gürtelschnalle wird Seeahtik Aufmerksamkeit in die gewünschte Richtung zu bewegen, und wir, seine Aufmerksamkeit weg von Ihrer Richtung bewegen wollen."

Stehend in der Nähe von Tom, nimmt David die Nase einen weiteren Duft. "Haben Sie eine Dusche zu nehmen, bevor hier kommt", fragt er.

Tom sieht ihn, wie er ist dumm. "Nun, natürlich habe ich!", Antwortet er.

"Und das hatte Seife Duftstoffe drin?" David nimmt.

Tom erkennt, dass er noch einen weiteren Fehler gemacht. "Es roch gut", behauptet er verlegen.

"Keine Sorge", beruhigt ihn David, der Übergabe der Sprayflasche zu ihm. "Der Waschbär Urin Maskierung Duft wird zu verbergen, dass auch. Nur zu viel nicht verwenden, oder Seeahtik vermeiden Sie, weil Sie riechen wie ein alter Toilette! "

Tom fast sprüht etwas auf seine Kleidung, aber stoppt. "Ich habe nur in Erinnerung!", Verkündet er und taucht in seinen LKW wieder. "Ich sah im Fernsehen, auch!", Sagt er aufgeregt, indem er seine Stimme wieder.

Tom zieht einen kleinen Kühler und ein Lagerfeuer-Starter aus dem LKW. "Streifen von Fleisch!", Verkündet er. "Wir werden ein Lagerfeuer zu starten, kochen Sie das Fleisch, und sie werden angerannt kommen!"

David kann nicht umhin, zu lächeln. *Er versucht ehrlich,* denkt er. "Warum gehst du nicht setzen ein Stück Pizza auf einem Angelhaken", fragt er.

Tom sieht völlig sprachlos, dann fragt sich, ob dies eine Fangfrage. "Nun ... Fisch nicht mag Pizza," antwortet er vorsichtig.

"Genau!", Antwortet David und nickte mit dem Kopf. "Seeahtik nicht wie Muskelfleisch wie wir es tun!" Bekräftigt er. "Stattdessen zieht Seeahtik Orgel Fleisch, wie Leber, Lunge, Gallenblasen, und so weiter."

Tom macht einen angewiderten Gesicht. "Igitt!", Sagt er. "Ich dachte nur, die Menschen zu essen schottischen Haggis zu mögen."

Jetzt ist es David an der Reihe, für einen zweiten starren verständnislos an. "Ja", bestätigt er verlegen. "Außer, dass Haggis ist nicht roh. Seeahtik mag Rohkost. Feuer machen ist eine einzigartige menschliche Sache zu tun, so Seeahtik vermeidet sie. "

David macht eine Pause, nervös tritt der Schmutz und kratzt sich am Kopf, bevor das Sammeln genug Mut. "Ich habe es nicht erwähnt früher, aber ich sah das sicher in der

Bodenplatte des LKW," er schafft es, zu sagen. "Ist das, was ich denke es ist?"

Tom wird ernst. "Ja, es ist", antwortet er. "Es gibt eine Feinunze 400 Ziegel in für Sie da." Tom Spaziergänge rund um den Lkw auf die Beifahrerseite, öffnet die Tür und greift sich eine lange Box, die neben der sicher ist, lehnt sich aus der Diele. David sieht zu, wie er vorsichtig erleichtert eine tödliche Suche Gewehr aus dem langen Feld.

Die lange Büchse hat ein Hochleistungsumfang, Zweibein-Stabilisatoren und eine Mündungsfeuerdämpfer um seine Schnauze. Er bekommt einen kurzen Magazin und Feld von enormer Kugeln aus Mittelkonsole des Lkw und füllt es mit fünf der großen Kugeln.

"Du bist der Aufspürer", Tom erzählt ihm, Einrasten im Magazin und cham die erste Kugel. Er dreht sich auf den Wald zu, hält die Pistole an seine Schulter und schaut durch das Okular. "Sie nehmen nur mich zu ihm, und ich werde den Rest erledigen."

David wusste, dass dieser Tag früher oder später kommen würde, aber er wollte nicht, dass es für ihn sein, die es verursacht. "Sie müssen nicht, *ihn* zu töten", appelliert er. "Nehmen Sie einfach Video-und Wärmebilder. Die Leute werden glauben. "Tom ignoriert ihn, zielt auf einen weit entfernten Baumstamm und rollt seine Finger um den Abzug.

"Nicht schießen!" David bittet.

Genervt, Tom senkt das Gewehr ein wenig und dreht sich wieder zu David, man aufpassen, nicht die Waffe in seine Richtung. "Warum zur Hölle nicht?", Fragt er gereizt. "Die Menschen wissen immer noch nicht, ob sie Roger Patterson und Bob Gimlin glauben, oder nicht! Die Menschen müssen ein Big Foot Körper sehen! "

David weist auf des Gewehrs Schnauze. "Sie werden Seeahtik verscheuchen, wenn Sie das Ding abzufeuern", antwortet er ruhig.

"Ach!" Tom realisiert. "Danke! Ich habe nicht über diesen Teil denken. "Er senkt das Gewehr noch mehr, und steckt die Aktie unter die Schulter. "Ich schätze, wenn ich hörte Schüsse in der Nähe, würde ich weglaufen, auch!", Sagt er, auf seine Nähe Fehler lachen.

David scheint mit ihm zu plädieren. "Ich brauche das Geld, um mein Volk zu helfen", sagt er, "nicht, um mir zu helfen."

Tom erkennt die Druck David unter, und macht ein bisschen. "Ich verstehe Ihre Konflikt", sagt er. "Sie wollen mein Geld benutzen, um Ihre Menschen zu helfen, haben aber gemischte Gefühle über den Tod eines einzelnen Big Foot. Man kann nicht jeden retten. Wenn diese Leute hart arbeiten, dann würde anders sein, aber sie tun es nicht. Die meisten von ihnen wollen Almosen. Ich wurde in Texas geboren, aber ich wurde nicht geboren, ein Industriemagnat, wissen Sie ", sagt er und lehnt sich gegen den LKW.

David weiß, das wird ein Vortrag sein, aber leise hört ihm zu reden sowieso. "Ich begann in den Ölfeldern als grobe Hals," Tom sagt ihm, "aber nicht sehr weit kommen, ohne

Bildung. Also in den Ölfeldern arbeitete ich den ganzen Tag, und zur Schule gegangen in der Nacht. Fast so schnell, wie ich habe, dass die Maße gefördert mein Chef mich zum Vorarbeiter ... aber, dass Bildung lassen Sie mich *auch* das große Ganze sehen. "

"Meine Sache gut machen", fährt er fort, "dass ein Aneler hat mir geholfen, meine erste Ölfeld kaufen. Seine Investition war weniger als die Hälfte dieser Goldbarren dort. Jetzt besitze ich Millionen von Dollar wert von Ölfeldern. Ausbildung hat mir geholfen, das große Bild zu sehen, aber harte Arbeit ist, wie ich hierher gekommen bin. "

"Sie haben die ersten Schritte", sagt er. "Sie machen die harte Arbeit und machen die harten Entscheidungen. Schauen Sie auf das große Bild und tun noch mehr harte Arbeit. Nicht nur das Geld werfen nur eine Sache und hoffe, es dauert, denn es wird nicht, und Sie werden an der gleichen Stelle sind Sie jetzt an scin. "

"Starten Sie ein Geschäft", sagt er. "Benutzen Sie den Menschen. Mit der Zeit werden sie *viel* mehr als dies ein Goldbarren ist es wert zu verdienen. Es gibt Möglichkeiten, *überall* in diesem Land, aber Sie Ihrer Heimatstadt zu verlassen, um sie holen müssen. Sie haben nun die Fähigkeit, Chancen zu deinem Volk zu bringen. Erforschen Sie diese Möglichkeiten gründlich. Machen Sie keine vorschnellen Entscheidungen. Sie könnten nur einen Schuss auf diese haben, so können Sie es zählen möchten. "

David fühlt sich viel weniger schuldig, dies zu tun, und ist inspiriert, eine dauerhafte Industrie zu schaffen, um seinem Volk zu helfen. *Mitleid Geld ist, wie mein edles Volk verarmte,* erkennt er. *Genau wie Fütterung von Wildtieren, wurde mein Menschen abhängig von Almosen, und die blauen Politiker wussten, dass. Sie waren mehr daran Sympathie Stimmen, anstatt wirklich zu helfen meine Leute.*

"Wie ich schon sagte:" David erinnert ihn daran, "zu Fuß durch den Wald, aber verwenden Sie nicht zwei Beine, um es zu tun. Obwohl Seeahtik nicht außergewöhnliche Gehör wie ein Hund oder ein Wolf zu haben, weiß er, dass die Geräusche des Waldes. Nur durch sitzt ruhig in einem Wald, kann sogar ein gewöhnlicher Mensch sehr gut in einem anspruchsvollen Sound von einem anderen zu werden. Sie können *einen* Seeahtik Anruf zu tätigen, aber das ist alles. "

"Seeahtik nennt Durchschnitts verschiedene Dinge", fährt er fort, "abhängig von der Phase des Mondes, ob es den Menschen in der Nähe, ob es Essen in der Nähe, oder irgendetwas anderes. Sie wissen nicht, die Grammatik oder den Kontext. Wenn Sie ein paar Anrufe zu machen, dann wird Seeahtik an Sie ziemlich schnell sein, aber wenn man einen einzigen Anruf zu machen, dann eine von ihnen kommen könnte, zu untersuchen;. Seeahtik und bewegt sich viel schneller, als Sie denken, es tut."

"Das ist, wenn wir einen von ihnen zu sehen", sagt David. "Sie nicht auf Seeahtik in irgendeiner Weise zu nennen, wie etwas zu sagen und deutete in seine Richtung, auf ihn oder etwas anderes läuft. Auch unterschätzen Sie nicht Seeahtik Intelligenz. Seeahtik weiß, dass der Mensch mächtige Magie. Wir nennen es Technik, sondern Seeahtik weiß, dass Menschen wundersame Dinge zu tun. Wir können sogar sehen, in der Dunkelheit, so Seeahtik ist ständig besorgt. Die Älteren sind vorsichtiger als die jüngeren. "

"Sie sind intelligenter als Seeahtik", sagt er, "aber er klüger als Sie denken ... und Sie ist in Seeahtik Gebiet sind. *Seeahtik* könnte leicht überlisten Sie hunderte Male, aber ich kenne seine ganze Bescherung. Das wird mit mir nicht passieren hier. Nun wollen wir satteln! "

Andere Geschichten und Romane
Dieses Autors

How NOT To Find Bigfoot

Englisch
Version dieser
Geschichte

The Time After 2012:
The Mayan Sunset

Roman
(Auf Englisch)

Die Zeit Nach 2012:
Der Maya-Sonnenuntergang

Deutsche-Version
von diesem
Roman